Punch Drunk Love

펀 치 드 렁 크 러 브

글 · 모스카레토

그림 · 옥동

blackD

Contents

Chapter 01 ············· 005
Chapter 02 ············· 079
Chapter 03 ············· 155
Chapter 04 ············· 221

punch Drunk Love

Chapter

01

싸아

싸ㅏ-

샤아

후우-

와르르

6 NEWS TODAY
AR그룹 윤기현 신임회장 출격
...본격 3세 개막

6:50

아

MILK

식사 끝-.
1분 늦었다.

후다닥

6 : 59 AM

좋아.

오늘도 완벽해.

그럼
출근해 볼까?

올해로 DM전자
입사 3년 차를 맞은

재무회계팀

회계팀의 평사원인
나, 박선우는

평범한 집안의
막내로 태어나

평범한
성장 과정을 거친

평범한 외모의
소유자로

그야말로 길가의
돌멩이만큼이나
평범한 사람이다.

뭐, 불만은 없다.

원래 인생은
평범한 게 최고니까.

오, 선우 씨
자리에 있었네요.

잘됐다.

이거…

주세요.

제 얼굴이 왜요?

아, 아니에요….

내 눈깔이 삐었나 보네.

안경 좀 벗었다고 갑자기 사람이 확 달라진 것처럼 보이고….

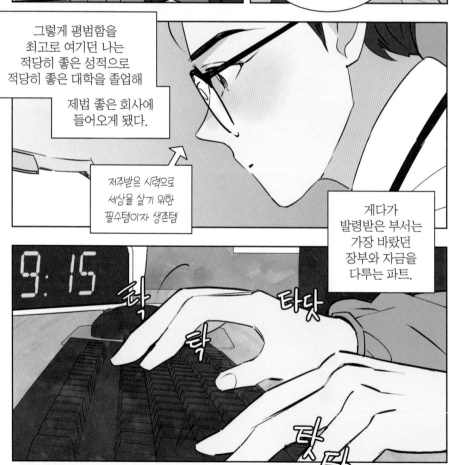

그렇게 평범함을 최고로 여기던 나는 적당히 좋은 성적으로 적당히 좋은 대학을 졸업해

제법 좋은 회사에 들어오게 됐다.

저주받은 시력으로 세상을 살기 위한 필수템이자 생존템

게다가 발령받은 부서는 가장 바랐던 장부와 자금을 다루는 파트.

9:15

가끔
말도 안 되는 걸로 우기는
무식한 사람들 때문에
짜증 날 때도 있지만

적당히 가라로
올리면 되잖아?

유흥비는
처리 안 됩니다.

그랬다가 잘못되면
다 제 책임이잖아요.
싫습니다.

어억

뭐. 무시하면
그만이니까.

12:00 PM

그래서 나는
대체로 평범한 내 인생에
아주 만족하고 있다.

치카

치카 치카

치카

승진 같은 것도 관심 없다.
만년 대리여도 좋으니

무사히 정년까지 채우고
이후론 무병장수하는 게 꿈이다.

물론···
이렇게 무사안일주의인 나도
크게 마음 쓰이는 것이
한두 가지 정도는 있다.

식사했어요?

일하러
가 볼까?

ㅎ아암···

어, 선우 씨.

힉!

깜짝

하하
주식 깨개
넣지 말라니까?

대리님이 경력직으로
우리 회사에 입사한 지
오늘로 157일째.

나의 유일한
취미이자

하ㅡ

헤헤

회사 생활의
낙은

바로 정 대리님을
몰래 훔쳐보는
일이다.

슬쩍

우두둑

후...

언감생심 정 대리님과
잘되고 싶은 마음은
조금도 없다.

앗

찡긋—

뜨아?

허억...!

눈에
뭐가...

아주 만약에
정 대리님이
남자도 OK라고
하더라도.

이렇게 평범한 나를
마음에 들어 할 리
없잖아?

아니야

아니야

아니야

그래도!
죽기 전에
저런 남자랑!

쿵

얼마나 좋을까?
얼마나 좋겠냐고

딱 한 번만
자 보고 싶다!

부스럭

이게
내 문제다.

객관적인
스펙에 비해 눈만
더럽게 높다는 거.

그래서
성 정체성은
제법 빨리
깨달았음에도
불구하고

최라락

여태까지
누구도
만나 본 적
없었다.

온갖
망상으로 다져져
마음만은 누구보다
문란하지만

DIARY

스윽

버드나무 로맨스

RIBIROOKS
19

몸은 순결한 게
좀 억울하긴 한데….

……!

끼야악!

펑

오늘은
대리님이 날 보고
윙크해 준 기념으로
일기 3장 써야지.

물론
그런 일은
없겠지만

*정태묜 대리님 입사 157일

정태묜 대리님이 오늘은 나를 보고
상큼하게 윙크했다.
윙크까지 해준 걸 보니 확 그린라이트일까?
싱크도 해눈때…. 박선우.
아냐, 정신 차리자 박선우.
착각하지 말자 박선우.
정태묜 대리님은 원래 누구에게나
친절하고 다정하니까?

…까지 해준
…기도 했는데…
…나. 정신 차리자 박선우.
…각하지 말자 박선우.
…정태묜 대리님은 원래 누구에게나
친절하고 다정하니까?

28

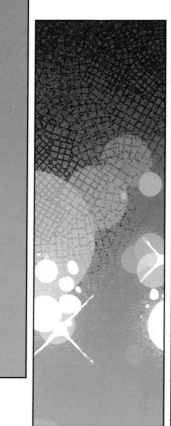

아…

악윽

스윽

엉덩이
제대로 안 들지.

아아

아, 태문 씨,

하아

하아

너무 좋아…!

찰칵

하하…

태문 씨라니,

건방지게.

툭

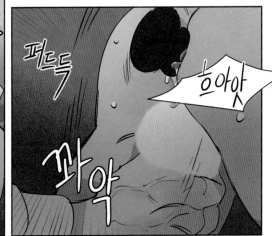

지잉

후—

탓— 탓탓

지잉 탓탓

엇.
이 과장님?

껄껄

어이,
정 대리.

여긴
어쩐 일로….

나도 더 늦기 전에
운동 좀 할까 싶어서.

와아.
멋지십니다.

싱긋♥

그럼
저는 이만….

정 대리!
자, 잠깐만!

……

뻭

무슨 일
있으신가요?

아, 그게….

혹시 재무회계팀에
박선우 씨라고 알아?

하하...
참

웃음이 나와
눈감아 줄 수밖에 없었다.

박선우는 정말로
꽃 사진을 찍은 것이 맞음

그…, 우리 팀장님이
어제 열받아서 그 사람을
인사 고충에 찔렀대.

네?
김 팀장님이요?

부하
직원을요?

같은 팀도
아닌데요?

술김에 그러셨대,
술김에.

…음.

그렇지만 한번
접수가 된 건….

알아, 나도.

그리고 원칙대로만
가자면 팀장님도
잘한 건 없거든.

무슨 일인데요?

…술집에서
법인 카드로 긁고서
경비 처리해 달라고
하셨나 봐.

아, 씨발.

그래도
룸살롱은 아니고
그냥 술집이었대.

원리 원칙…
맞아요. 지키라고
있는 거죠.

소곤
소곤

하…,
선우 씨.

제발 나 좀
봐줘요.

꼰대들이
헛소리할 때마다
나도 빡쳐!

그렇지만
어쩔 수 없는
상황이라는 게
있잖아요.

선우 씨가
정 처리하기 싫으면
그냥 나한테
넘기라니까?

NOPE

다른 때였으면
그렇게
했을 겁니다.

그렇지만
지금은 전 계열사
감사 강화 기간
이잖아요.

선우 씨! 그렇다고
팀장님 요청을…!

뻗떡

입꾹

선우 씨?

들었어요,
인사 고충 건.
안 그래도 그 얘기
중이었는데….

가져요, 날!

어차피 전
할 말은 다 했…,
아니 없으니까
데려가세요.

그럼 잠깐 나랑
얘기 좀 할까요,

선우 씨.

허어…

세상에,
정 대리님하고
독대라니!

이게 무슨 일이야!

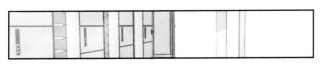

별일은 아니고…,

아니 별일이
맞긴 한데.

마실 거
가져올게요.

제, 제가
가져오겠습니다.

아냐,
앉아 있어요.

우와아…

하하

고작 15만 원을
사비로 내기 싫다고
법인 카드로 긁은 김 팀장
이 새끼야, 감사합니다.

끼응

덕분에
정 대리님이랑….

…의도치 않게
보고 말았다….

이 시력을 가지고도
어찌나 그 알림이
선명하게 잘 보이는지….

저 컬러와
디자인의 알림 창은…
게이들이 자주 쓰는
원나잇 앱이다.

알 수밖에 없었다.
나도 깔아 봤으니까.

취향이 아니라서
금방 지우긴 했지만….

M.I.M Talk   오후 1 : 15

24살은 너무 어려요?
원래 전 박는 게 더 취향이긴 한데
익명 5215

M.I.M Talk   오후 1 : 15

형이라면 제가 박힐게요 소문 들었어요
괜찮으니까 형 맘대로 막 굴려줘요
익명 5215

헐…
대리님.

머엉

뚝…

……

여기.

선우 씨 입장에선
답답한 이야기 하게
될 것 같아서 탄산으로
골라 봤어요.

정 대리님이 남자를….

흠…

아, 물론 선우 씨한테
하지도 않은 잘못
시인하라곤 안 합니다.

그냥 상황만
알려 주려고.

감사합니다

믿을 수 없어.

아니…
그것도 그거지만

소문 들었다고?

막…
굴려 달라고…?

…?

선우 씨?

깜짝

아, 네.

김 팀장님께는 법인 카드로 긁은 거 결제 취소하고

개인 카드로 재결제하시라고 전달했어요.

속

......

음, 룸살롱은 아니고
노래방 기기 있는
술집이라고 하니까.

그 정도는
재무회계팀에서도
눈감아 줄 수 있죠?

아, 네….

결제 취소 영수증이랑
경위서 제출하면
나중에 감사팀에서도
문제 못 삼을 거예요.

심각한 척은
해야 할 것 같아서.

하하

원나잇 앱을
쓰시는 걸 보니

애인이나 고정 상대는
없으신 거고요?

두근

두근

두근

큰일 났다.
성덕이 된 기분에 들떠서

톡

톡

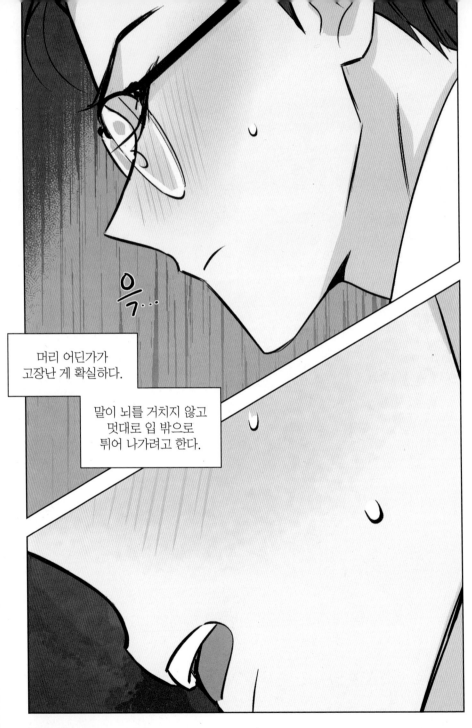

으…

머리 어딘가가
고장난 게 확실하다.

말이 뇌를 거치지 않고
멋대로 입 밖으로
튀어 나가려고 한다.

…뭐?

저 잘할 수
있어요.

꿈벅

허,

허허….

……

정말로요.

물론 그간 상상으로만
해 봤지만,

대리님을 향한 음란함은
진심이라고요…!

음, 선우 씨.
어디서 내 얘길
들은 건지 몰라도…

일단 여긴
회사고….

무, 물론 대리님의 취향은
존중합니다!

깜짝

저 같은 사람은
평소에 염두에도
두신 적 없을 거고….

…그래요,

하아…

대리님과 독대
이상의 행운이
나에게 올 리 없지.

아…네에.

선우 씨
제안… 은
고맙지만.

아, 역시….

호아앙!

휙푸덕

으음, 그리고
이 얘기는….

아무한테도 말 안 해요!
걱정하지 마세요!

아시겠지만 저 회사에
친한 사람도 없어요!

……

…죄송합니다.

그럼 먼저
일어나겠습니다.

물론 대리님에겐
아무 잘못 없다.

터벅

터벅

화면이
잠기기도 전에

터벅

남의 핸드폰
들여다본
내가 나빴…,

터벅

……

아, 대리님!

잠깐!

삐-

삐-

삐-

잠깐! 대리님이 날
음침한 스토커라고
오해하면 안 돼!

무, 물론 틀린 말은
아니긴 하지만…!
지금은 진짜 일부러 훔쳐본 게
아니란 말이야!

제가 일부러
핸드폰 훔쳐본 건
절대 아니고요.

앱 알림 봤구나.

쓰윽

아….

빙글

네. 화면 막 잠기기 전에, 눈에 들어와서….

죄송합니다.

대리님이 남자랑도 잘 수 있다고 하니까….

게다가 제법 거친 섹스가 취향이신 것 같아서.

하… 평온과 평안을 최우선으로 여기는 나답지 않은 모습이다.

시발, 너무 좋아서 말이 뇌를 안 거치고 튀어나와 버렸어.

어쩌지?

......

으아~

나 좋아하는 건 알고 있었지만.

남자랑 잔다는 거 알자마자 들이댈 줄은….

뭐… 답답한 성격이니까 원리 원칙 내세우면서

남의 사생활 말하고 다니는 거

아…

미끌

예의 아니라고 잘 구슬리면.

헉…

촥악

탁

허둥

지둥

죄송합니다.

저런 요령 없는 놈 다루는 것 정도야.

살랑

살랑

뿅싯

…어쭈.

주제에 제법.

앗

먼저
나가 보세요,
대리님.

……

그래요.

슥

타닷

하아….

사람 마음이
이렇게 간사하네.

머엉…

타딱

타딱

타닷

정 대리님이
남자를 좋아한다고
하더라도

그 대상이
나일 린 없다고
늘 그렇게 생각해
왔으면서.

유 대리님.

그런데
그렇게 대뜸
자 달라고
해 버리다니…

나 불렀어요?

67

멋대로 입 나불거리고 다니면
혼날 거라고 저 좀 욕해 주세요.

키스 장면
내리고 싶다···

명장면인데
뭐 어때

물론 좆으로 혼내 주시면
더 좋고요.

박선우 씨.

네, 좆…

……?

......!
대, 대리님!

?

화들짝

슉

곧 6시인데.
바로 퇴근해요?

아마… 도요?

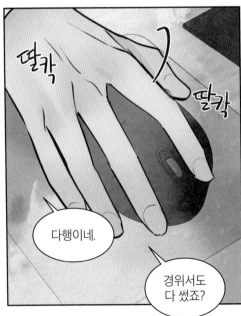

딸칵

딸칵

다행이네.

경위서도
다 썼죠?

두근

두근

두근

두근

이건… 시그널???

제목 없음 - Windows 메모장

파일(F) 편집(E) 서식(O) 보기(V) 도움말(H)

옆 빌딩 주차장 지하 4층
비상등 켠 검은색 벤츠

깜박

깜박

착각이 아니야.

내 망상도 아니야.

은밀히 자기 차로
날 불러냈잖아.

이건 분명
시그널이야!

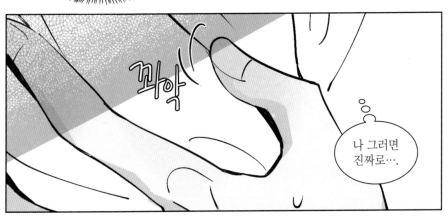

꽈악

응

나 그러면
진짜로….

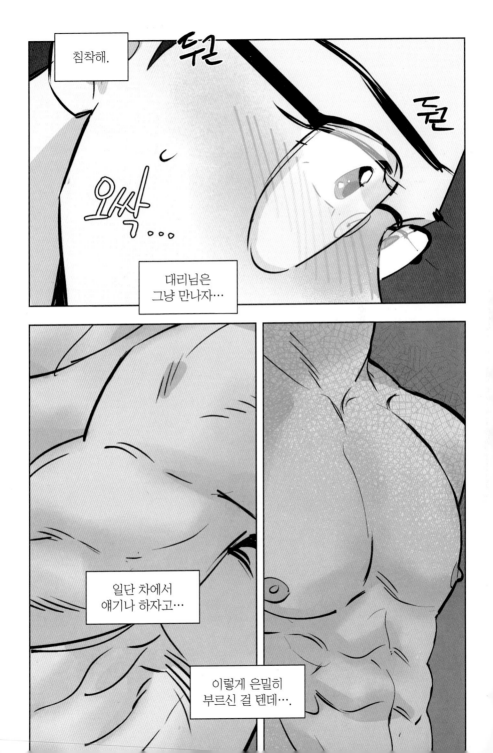

이 망상에 절어 버린
미친 뇌 새끼는 왜 이런 장면만
떠올리고 있는 거야!

정신 차려!
대리님이 시그널을 보냈다고 해서
반드시 그런 의미는 아닐 거라고!

하, 그치만…
대리님 몸매도 좋으니까
좋은 말할 것도 없겠지?

아―

와싹

와싹

……

시간 없어!
일단 양치하고
가자!

punch
Drunk.
Love

Chapter

02

저기...

기웃

달칵

저, 대리님….

……

우아, 너무 떨려서
심장 튀어나올 것 같아.

와—
차가 정말°°°

…네가 나 좋아서
개새끼처럼 빌빌대는 건
진작 알고 있었고.

그래도 다행히…
내가 대리님 나온
사보는 기본 3부 이상
보관 중이고

또 꼬박꼬박 일기도
쓰고 있는 건 아직
모르시는 것 같아.

생각해 보니까
웃기잖아.

네 주제에
남자랑 잔다는 거
알자마자 바로 나한테
들이대는 게.

힐끔

와,
말투도 변하고

목소리도
변했어….

네 쌍판이 어떻게 생겼는진 안 중요하고,

남의 사생활 캐내자마자 얍삽하게 구는 거.

그게 기분 더러워서 못 견디겠어.

와씨, 어떡하냐. 너무 섹시하다.

이렇게 음습하게 구는데 아무한테도 말 안 하겠다는 걸

나더러 어떻게 믿으라는 거지?

개좋아! 좀만 더요!

그치만 진짜로 제가 일부러 그런 게 아니라….

꿀꺽

기대했던 상황은 물 건너간 것 같지만

저 거친 모습을 사내에서 나만 알고 있다는 게 너무 황홀해서….

굳이 따지자면 그건…

대리님이 알림 미리보기를 해 두셨으니까….

좀 더 기어오르고 싶다.

그럼 더 욕해 주시려나?

……

허

그러니까.

이게 다
내 잘못이다?

두근

잘못까지는
아니지만…

우와…

난 정말
변태야.

두근

두근

사정 아는
사람이라면 누구나
눈치챌 수 있었을
테니까…

화난 얼굴과
목소리가 좋다고

엄한 사람 붙들고
자꾸 심기 건드리려고 하고….

89

그래서.

입 다물어 줄 테니까. 자자고?

네? 그건 아니고….

어차피 앱으로 사람 찾으시는 거라면 딱히 고정 상대는 없다는 뜻이니까…,

그럼 가벼운 마음으로 저와도….

이미 알고 계신다고 하셨지만

제대로 다시 말씀드리자면….

저 대리님 조, 좋아해서….

…하.

의외로 발랑 까진 것 같길래
가까이서 다시 보고
결정하려고 불러 본 건데.

아무 의도도 없다는 듯 굴면서
자기 입 다물게 하려면
박아 달라는 소리나 하고….

꾸깃

꾹욱

씨발, 뭐
이딴 새끼가
다 있지?

기분만 잡쳤네.
역시 안 되겠다.

차라리 내 얼굴이나
돈이 좋다고 헤벌쭉하던
새끼들은

속물이었어도
자기들 마음에
솔직하기라도 했다고.

근데 이 새끼는
일부러 그런 건 아니다,

원래도 좋아했다…

그딴 소리나 하면서
아닌 척 구는 게 꼭…

…그 인간들
생각나서 역겨워.

좋아한다고요,
나를.

끄덕

네, 네….

박선우 씨가
나에 대해 뭘 알고서
좋아한다는 걸까?

쓰윽

흠칫

그, 그건….

그야 당연히
대리님 얼굴과 몸이죠?

마주칠
때마다 웃어 주니까,
내 성격 되게 좋은 것
같지?

엥? 아니요.

물론 대리님이 누구에게나
친절하고 다정하긴 하지만….

자세히 관찰하면
알 수 있다.

진심으로 곁을 내준
사람은 없다는 거.

우웃…!

그러니까
사람 막 굴리고 험하게
박아 준다는 얘기
봐 놓고서도

한 번만 자 달라는
소리가 나오지.

여태 너 같은 새끼가 한둘이 아니었어. 사람들이 왕자님, 왕자님 하니까

매너 좋을 거라고 멋대로 착각하고 자기 환상 들이대던 새끼들.

빠득

우웃…!

그런 적은 없는데….

혼자 망상하면서 뭐 하러 인성을 따지겠어?

물론 만인의 왕자님인 대리님이 실은

더듬

더듬

웅…웅!

지금처럼 개싸가지였어도 좋아했을 거라구요.

더듬

이 얼굴이랑 몸이면 충분하잖아요!

콰악

헉

대신에
내가 시키는 건
뭐든 다 해야 해.

으윽

윰찔

난 세이프 워드 같은 거 안 만들어. 이게 무슨 뜻인 줄은 알아?

본격적인 SM은 흥미가 없어서 묶고 구속하는 건 상대가 요청할 때만

이벤트에 가까운 느낌으로 해 줬는데…

꾸욱

윰찔

윰찔

호으읏…!

하아

하아

하아

으응…

정말 난, 마음대로 사람 굴려.

윽씬ㅡ

주물

주물

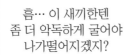

흠… 이 새끼한텐 좀 더 악독하게 굴어야 나가떨어지겠지?

하

하아

아아…

굴려 준다고요?

대리님, 바라던 바입니다!

쎅

아, 대리님, 잠깐,

윽씬ㅡ

윽씬ㅡ

주물

집으로 데려가긴
좀 그렇고…

힐끔

역시 호텔이
낫겠지?

아냐.

멀끔한 데 데려갔다가
혼자 오해해서
설레발치면 곤란하지.

빠앙―

붕―

부우웅

이런 곳은 지나가기만 해 봤는데.

우와…

끔뻑

끔뻑

유와…

전 개실 커플PC GbL 광란 공기 청정기…

중얼 중얼

……

앗

내, 내릴까요?

저거 볼수록 웃기는 새끼네?

자기가 먼저 덤벼 놓고선 이제 와서 순진한 척이야.

짜증

헐? 미, 미, 미쳤다!

두둑

전율

감동

예술이다!

마치 LIKE 조각상

징그러운 새끼.

그래도 평소엔 이 정도로 나 좋아한다는 티 안 냈던 것 같은데.

안 벗어?

지금 두 번째로 말하는 것 같은데.

후들

후들

아

그간 말도 제대로 못 걸었던 게 건수 하나 잡았다고 아주….

네, 네…!

그래,
주제에…

몸은
나쁘지 않단
말이야?

저런 펑퍼짐한
옷이나 걸치고 다니니
눈에 들어왔을 리가.

하여튼
이상한 놈이야.

핏 좋은 옷까진
아니더라도 남들 다
입는 평범한 옷 입으면
어디가 덧나?

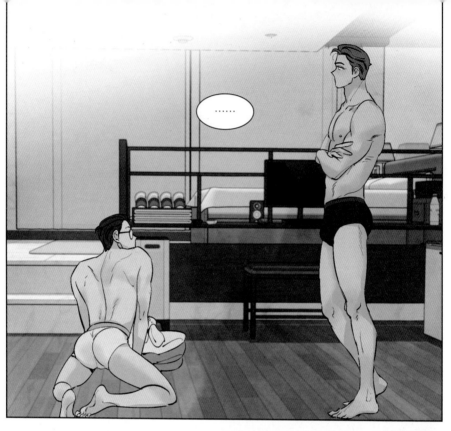

......

대, 대리님!
바닥에 옷 떨어져
있는데….

시끄러워.

아!

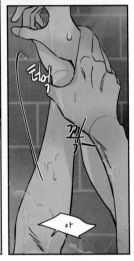

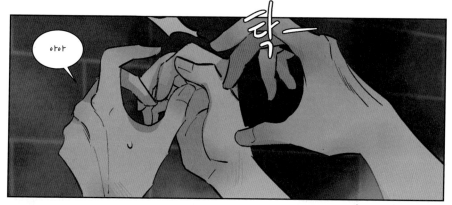

?!

후으…

흔들

흔들

??????????

잠깐만
저게… 저렇게
큰 게 내 뒤로
들어온다고?

히이이익ㅡ

진짜로? 정말로?

빨아.

이거 먹고 싶어서
나 협박한 거잖아.

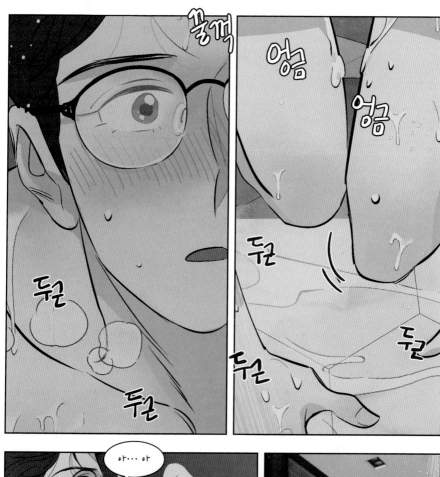

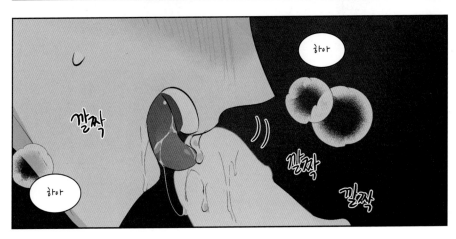

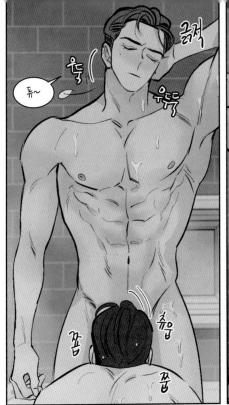

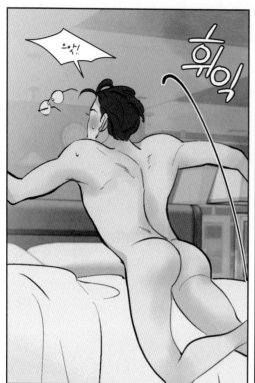

엉덩이 들어.

버릇 안 좋은 거
알면서도 자자고
매달린 건 너잖아.

우, 아으….

대, 대리님….

다, 다 좋은데….

…어?

이 자세는…
수, 숨이 막혀서….

조금만…,

숨만 쉴 수 있게
해 주시면
참아 볼게요.

후으

슬쩍..

아니, 참는 게
아니라…

할 수 있어요.
잘할게요.

콜쭉
콜쭉

하아…

하아

조, 좋아해요,
대리님….

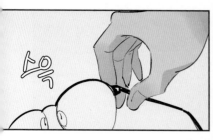

스윽

대체 뭐야,
이 안경…

어질

어질

꾸욱

······

으아앗!

휘익

파바바박

앗

허….

대리님, 왜….

하씨,
마음 바뀌신 건가?

진짜
울었구나

안 하시려나?

아 대리님, 그래도
한 번은 해 줘요.

흐어엉

한 번은
박아 줄 수 있잖아요!

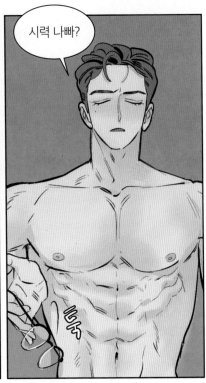

시력 나빠?

......

네….

근데 왜
렌즈 안 끼고
안경 써?

네? 이, 이물감이
싫어서요.

입으로 하는 거,
왜 서툴렀던 건지 알겠다.

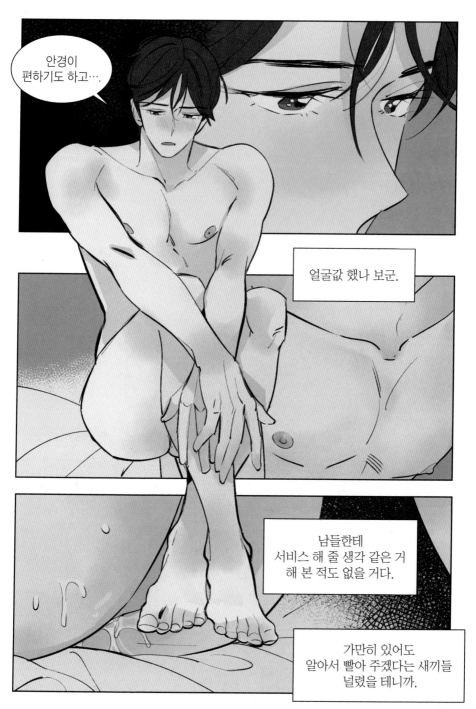

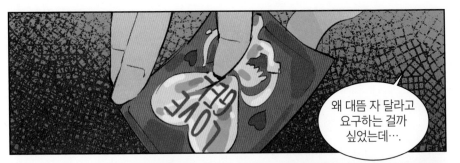

왜 대뜸 자 달라고
요구하는 걸까
싶었는데….

이유가 있는
자신감이었네.

쩌익

아

휙

풀썩

으응?
갑자기?

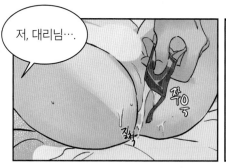

저, 대리님….

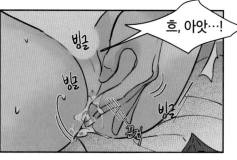

흐, 아앗…!

허억…!

놀 거 다 놀아 봐서
심심했구나?

평범한 섹스는
질렸어?

하아

하아

아…

아윽!

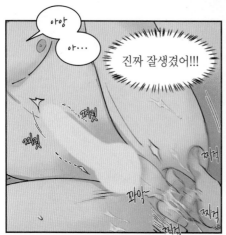

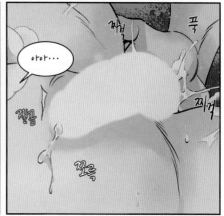

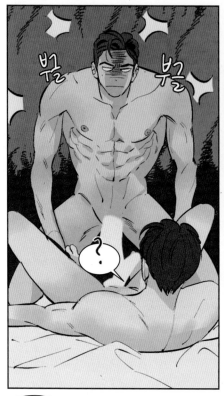

야. 지금
그걸 믿으라고?

이 얼굴에

이 몸을
하고서

훗, 흐읏….

뭐?
처음?

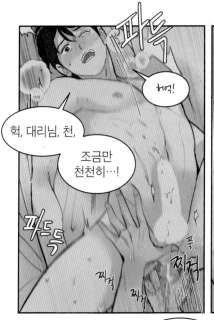

허억!

헉, 대리님, 천,

조금만
천천히…!

파득

파득

푹

찌걱

찌걱

찌걱

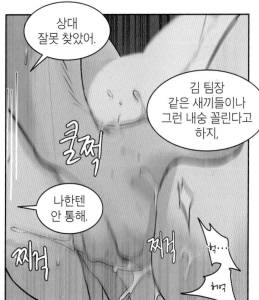

상대
잘못 찾았어.

김 팀장
같은 새끼들이나
그런 내숭 꼴린다고
하지,

나한텐
안 통해.

쿨쩍

찌걱

찌걱

헉…

허억

엥?
내, 내 얼굴이,
몸이…왜?

무슨 말이야?

음

탕

헐. 설마 내 얼굴에
존나 밝힌다고 쓰여 있나?

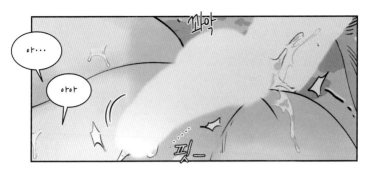

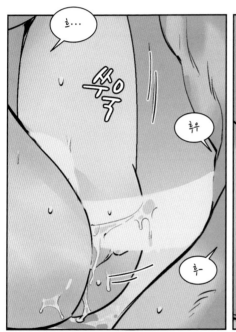

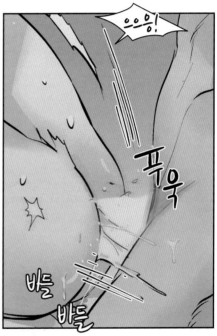

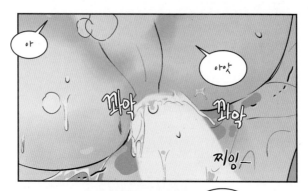

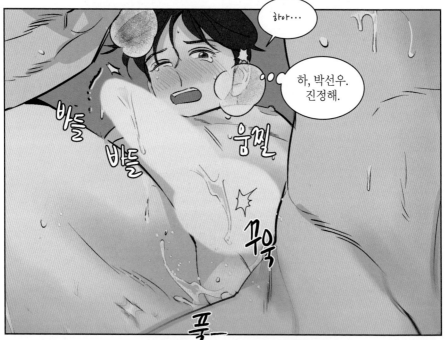

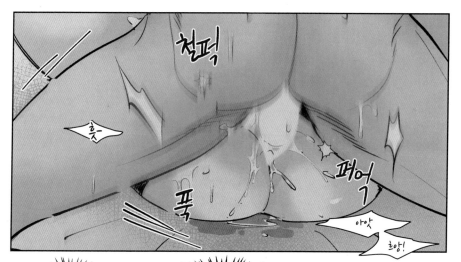

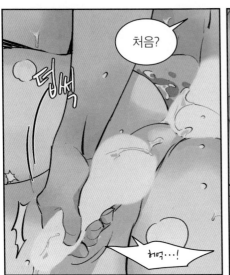

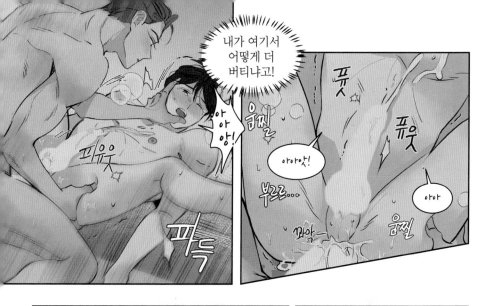

punch
Drunk.
Love

Chapter

03

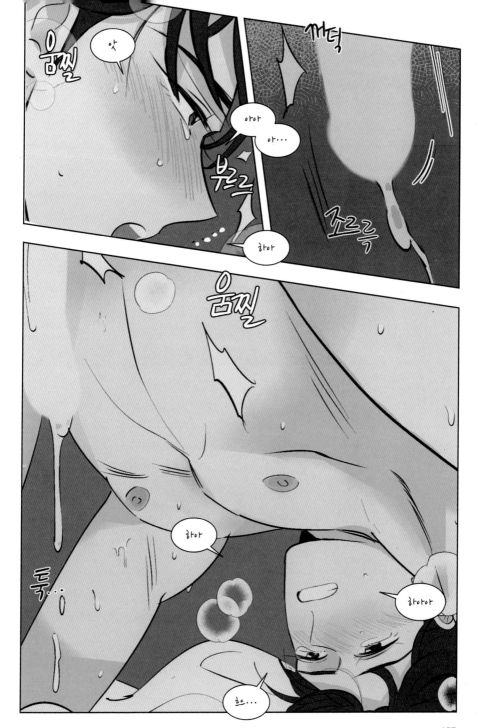

163

......
사서 고생을
합니까.

아

벌떡

저는,
그게….

주르륵

대리님, 이게⋯.

설마 씻겨 주고
집에 데려다주길
기대한 건 아니지?

⋯⋯

멍⋯

덜컹

쾅—

좋아.
이렇게까지 막 대했으니
알아서 나가떨어질 거다.

참 나. 덕분에
이런 후진 모텔도
다 와 보고⋯.

박선우 껍데기는
좀 아깝긴 한데…

그래도 결국
음침한 또라이
새끼라는 건
달라지지 않잖아.

띵동—

이걸로 됐어.

이런 취급까지
받았으니 자존심 상해서
더 안 들러붙겠지.

스르륵

……

야. 너희 집에
그렇게 돈이 많다며?

…차라리 자기 얼굴만 믿고서 덤벼드는 쪽이었다면

예뻐해 줬을지도 모르는데.

떠링-

그래, 그런 놈이 뭐가 아쉬워서

나한테 엉망진창으로 박아 달라고 조르겠냐.

떠링-

떠링

떠링-

떠링-

아, 네.

금방 나갈 겁니다.

네, 네.

으윽….

욱씬

달칵

아니, 이게
다 얼마야?

택시비로
주신 건가?

아니, 이걸 어떻게 써요.
대리님이 나에게
처음으로 준 선물인데.

170

쏴아—

진짜 섹스는…

쏴아아아‥

그러니까 진짜
대리님과 했던 섹스는…

상상과는 비교도
할 수 없을 정도로 좋았다.

하아

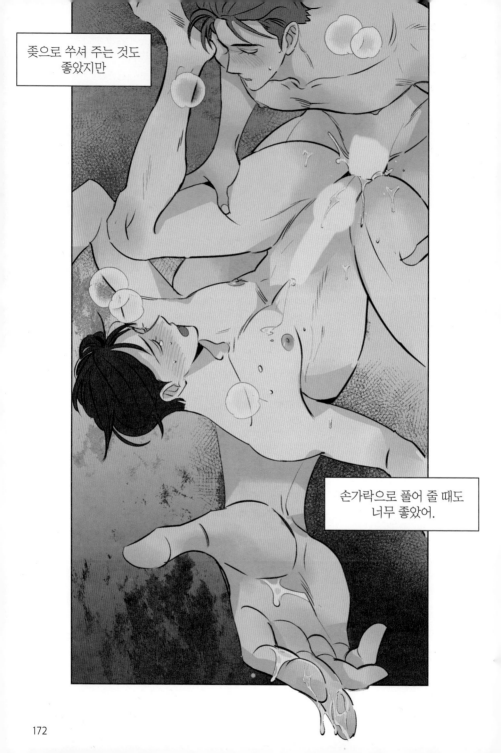

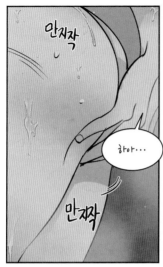

안지작

하아...

만지작

몸에
새기고 싶어...

문질

꾸욱

문질

시발,

오늘부터 내 최애 곡은
호키포키다...!

다 같이 오른손을 안에 넣고 오른손을 밖에 빼고~

오른손을 안에 넣고   힘껏   흔들어

손 들고 호키포키~

흐음...

싹아

근데
각오했던 것보다
좀 심심하긴
했지...?

나는 또 막 굴린다길래

가벼운 스팽킹이나 도구 정도는 사용할 거라고….

몇 번이고 쾅쾅 세게 박아 주는 정도였잖아? 엉덩이 조금 주무르고.

아아, 혹시… 내가 처음이라고 해서… 초심자 같아서 봐주신 건가?

휘잉

……

뚜벅

뚜벅

뚜벅

꾹

피곤

하아….

스읍

쏜

쏜

…대리님.

파드드득

으악!
깜짝이야!

176

예? 아뇨…

그, 김 팀장님 문제로….

까악?

아, 그… 얘기….

흠흠—
그렇군….

톡

김 팀장님이 재결제도 거부하셨다고요?

네.

$ # & % 야 너 이XX # !

...

쯔...

어젯밤에 전화하셔서는 노발대발 화내시던데요.

녹취했죠?

네?

뜨끔

뻔하지. 내놔.

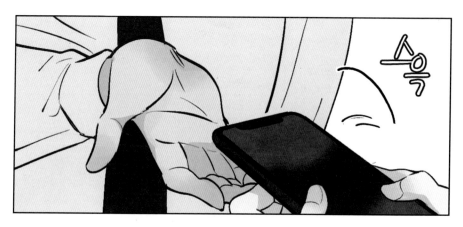

술에 취해서 한 헛소리라
무시해도 그만이지만…

대리님께 한 번이라도 더
말 걸고 싶었던 터라
잘됐다고 생각했다.

제 방식이 나빴어요.

대리님이 남자와 가능할 거라곤 상상도 못 했거든요.

그래서 실낱같은 가능성이라도 보이니까

아무리 대리님이 좋아도 그런 식으로 고백해선 안 됐는데….

너무 기뻐서 그만….

말씀하셨던 것처럼 남자랑 자는 게 좋다는 말이, 아무 남자하고 잔다는 뜻 아닌 거 아는데….

그때는 뭐에 씐 것처럼….

죄송해요.

어떻게 변명해도 기분 안 풀리시겠지만….

휘적

휘적

솔직히 사과하고
오해는 풀되

속내는 너무 적나라하게
드러내지만 않으면

언젠가는 기회가
생길지도 모르잖아.

그렇지만
저한테 다시 한번
기회를 주신다면…

힐끔

……

호… 하하…하

베그덕

베그덕

푸…

네 말대로
잘못한 사람은
너고

그렇다고 네가 섹스를
잘하는 것도 아닌데

흠—

툭↓

그, 그건….

그리고 어제는 많이 봐준 거야.

내가 왜 너랑 또 자 줘야 하지?

성욕이나 풀고 싶었던 게 아니라 모욕을 주는 게 목적이었으니까….

헐. 역시…!
그런거였구나

심한 말도 많이 안 했고. 구속해 놓고 구멍 너덜너덜해질 때까지 쑤셔 댄 것도 아니잖아?

그래서 너도 그 정도는 할 만하다고 착각하는 것 같은데….

사, 상관없어요.
저 봐주지 마세요.

마음대로 써 주세요.
그냥 심심할 때, 스트레스받을 때
찾아 주시는 거여도 좋아요.

야, 야…

그것도
안 될까요?

저 진짜로 대리님
좋아, 해서….

물론 대리님의
거칠고 못된 섹스가
더 좋긴 한데….

191

……

흠….

그 정도는 견딜 만하다고 생각하는 거면.

그럼 조금 더 몰아세워 볼까?

어차피 오래 못 견딜 것 같은데.

…좋아.

저, 정말요?

털썩

대신 앞으론 매일 내가 지시하지 않아도 알아서 뒤 깨끗하게 하고 와.

물론 네 구멍 언제 쓸지 정하는 건 내 마음이니까

툭

무슨 일이 있어도 부르면 재깍 와야 하고.

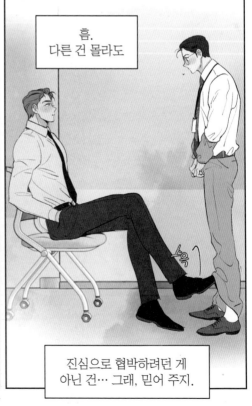

흠. 다른 건 몰라도

슥

진심으로 협박하려던 게 아닌 건… 그래, 믿어 주지.

흠칫

꼼꼼하기로 소문난 놈이 증거도 없이 무작정 들이댄 것도 그렇고

반대로 나한테 협박이나 당하면서도 좋아서 어쩔 줄 몰라 하잖아.

힐끗

간질

간질

아. 입 쓰는 건 형편없었으니 연습 좀 해야 할 것 같고….

끄덕

끄덕

으…

…네, 네.

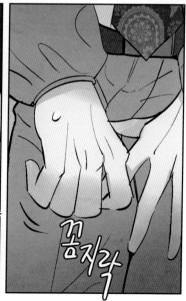

꼼지락

193

…야.
너 설마 섰냐?

그, 그게….

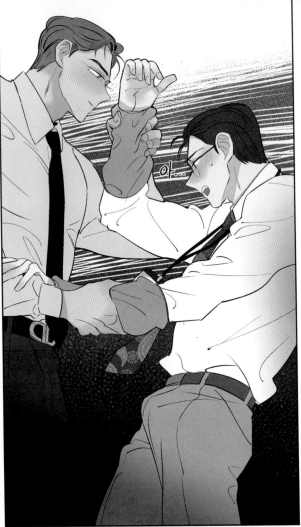

이거 완전
구제 불능이잖아?

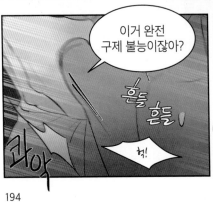

대, 대리님….

여기 회,
회의실… 인데….

스윽

훗—

흠칫

내 얼굴
마주칠 때마다

스윽

간질

으으…

간질

이렇게 세우고
달려들래? 어?

아…아앗

……

뽕―

하아

하아

…그리고 김 팀장님
인사 고충 건은
이미 종결된 거 아닌가?

내가 이 이상
챙겨 줄 필욘 없다고
생각하는데.

탁

휘익

네, 네….

흥

내가 이 핑계로
자기한테만
싸늘하게 굴고…

심지어 이렇게
해야 할 일도 안 해 주면.

후들

원리 원칙 따지는 저 고구마 같은 성격에,

피식

저벅

뭐라고 하지도 못하고 얼마나 속이 탈까.

저벅

털썩

그래도 뭐 어쩌겠어. 이게 내 잘못인가?

후

먼저 치사하게 나온 건 저 새낀데.

정 대리, 좋은 아침.

안녕하세요.

더 심하게 다뤄도 된다고 한 건 본인이잖아?

......

그럼 박선우 뜻대로,

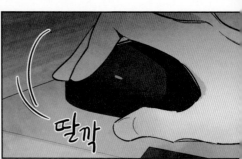

딸깍

마음껏 휘둘러 줘야지.

딸깍

탓… 타닷

후우….

대리님
정말….

……

팽 팽

아직도 서 있어.
이놈! 이놈!

동그라미~

따져찌!!

따져찌!!

광활한 우주…

203

이제 김 팀장 일은
대리님 소관이 아니라

뻥긋

헤헤…

본사 인사팀에서
해결할 일인데….

역시 친절해.

아웅

일 더 커질까 봐
모르는 척
해 주시다니.

이제 신경 써서
뒤도 풀어 주고

뭉

입으로
빠는 연습도
해야지.

늦어서
죄송합니다.

달칵

스윽

하….

그 빌어먹을 안경 좀
어떻게 해 봐. 제발.

좀 그럴듯한 거
쓰라고!

그렇지만 벗으면
아무것도 안 보여서….

206

아, 네. 부모님이 렌즈보다 안경이 낫다고 권하시기도 했어요.

아하

......
그, 그래?

그, 그렇다면야.
부모님 공격은 할 수 없지….

으음…
평범하게 생겼으니

긁적

뭐든 평범한 게
최고 아니겠어요?

진짜 너 자꾸
같잖게 지랄…

…할래?

…어, 잠깐만.

혹시 어릴 때부터 집에서
그런 식으로 후려쳤던 건가?

…어릴 때 무슨
얘기 들었길래
그래?

헛! 대리님이
나에게 관심을!

뭐,
진짜 말씀드릴 게
없는데….

평범했어요.

큰 불만도 없었고…

212

자고로 평범한 삶이
최고라고 입버릇처럼
말씀하셨는데

저도
그렇게 생각해요.

⋯⋯⋯

허어…, 어릴 때부터 입버릇처럼?

일부러 애 기죽여 가면서 키웠나 보네?

그건 가정사가…

음, 안경은… 이렇게 태어난 걸 어쩌겠냐고,

조금 불편해도 금방 익숙해질 거야.

미안하네, 엄마 아빠가 전부 시력이 나빠서 우리 선우도 벌써 안경 써야 하고.

힛~

그래도 좋은 거 사 주겠다면서 비싼 테로 해 주셨어요.

시력은 안 좋지만 그래도 우리 가족이 건치야.

맞아, 이는 진짜 안 썩어.

아니, 그리고 뭐 하나 나쁘면 다른 게 좋은 게 아니겠어요?

전 대신 충치 하나도 없어요.

주섬 주섬

훠

흠···!

제잉···

···헐.

헛-

······

아, 대리님!

오늘도 저번의 그 모텔로 가나요?

······

위익

…아니, 호텔.

부우웅~

시발.

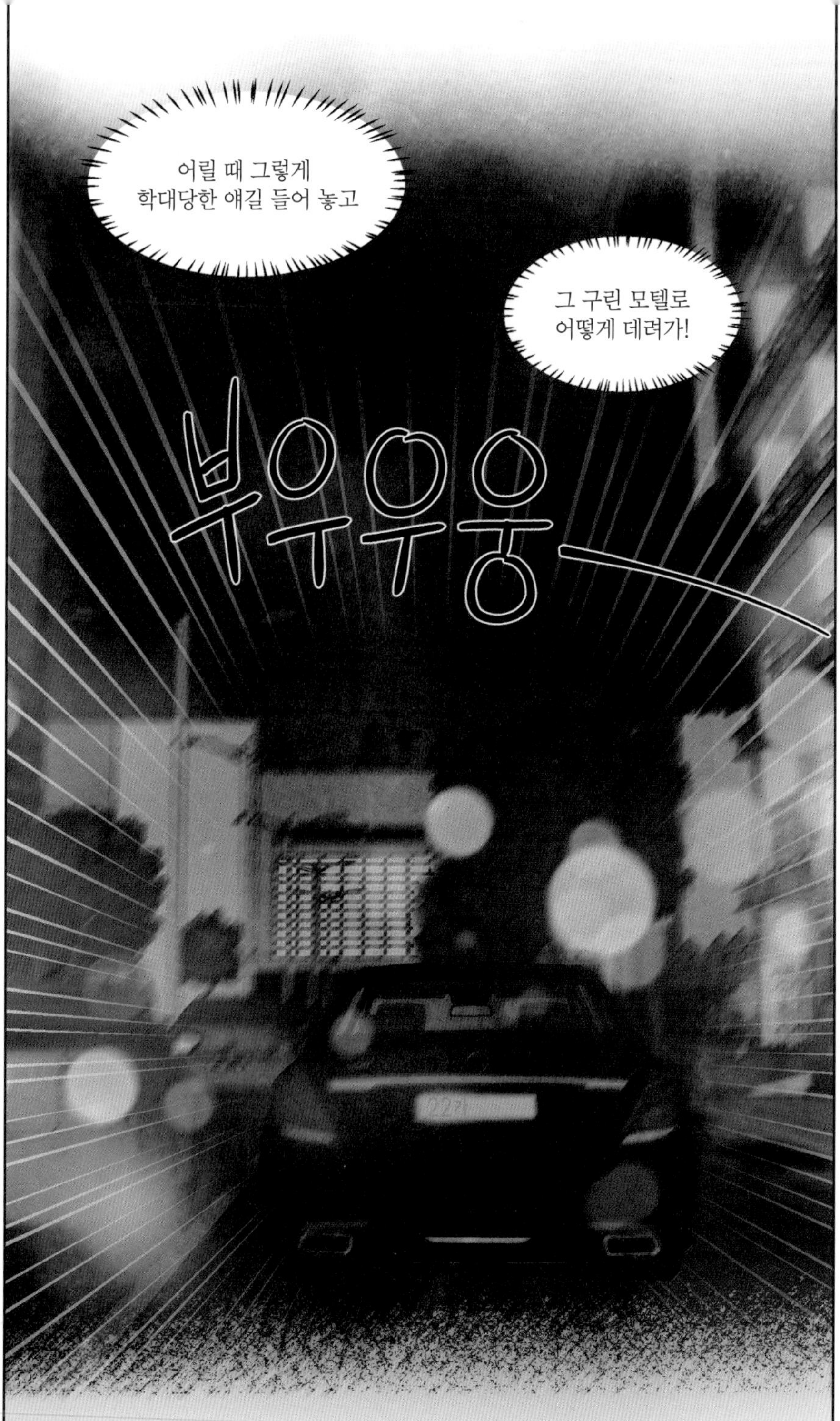
어릴 때 그렇게 학대당한 얘길 들어 놓고
그 구린 모텔로 어떻게 데려가!
부우우웅—

punch
Drunk.
Love

Chapter

04

머엉...

와...

꿀꺽

이 호텔은!

쿵

덜컹

명절에 가족들이랑 쉬러 왔던 곳이잖아.

덜컹

덜컹-

호어어~ 여길 대리님과 오게 될 거라곤 상상도 못 했다…

저벅

저벅

저벅

GRAND 정태문
SEOUL   JU...T. M.

GRAND 정태문
SEOUL

대리님을 상대로 이런저런 망상을 했던 호텔인데…!

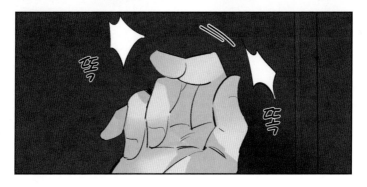

똑

똑

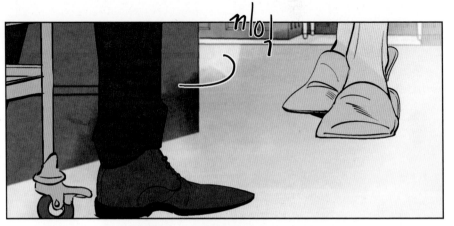

끼익

너무 늦었네요,

정태문 씨.

철

꾸벅

죄송합니다,
손님.

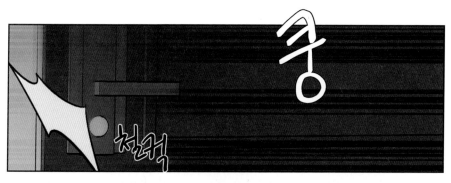

......

아,
죄송합니다.

유명하신 손님께서
저를 지목하실 거라곤
생각도 못 했던 터라….

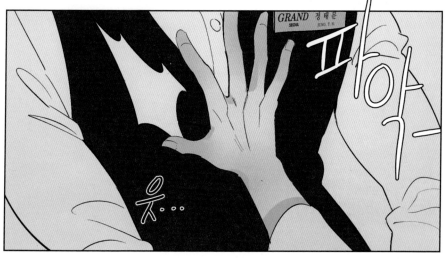

윽…

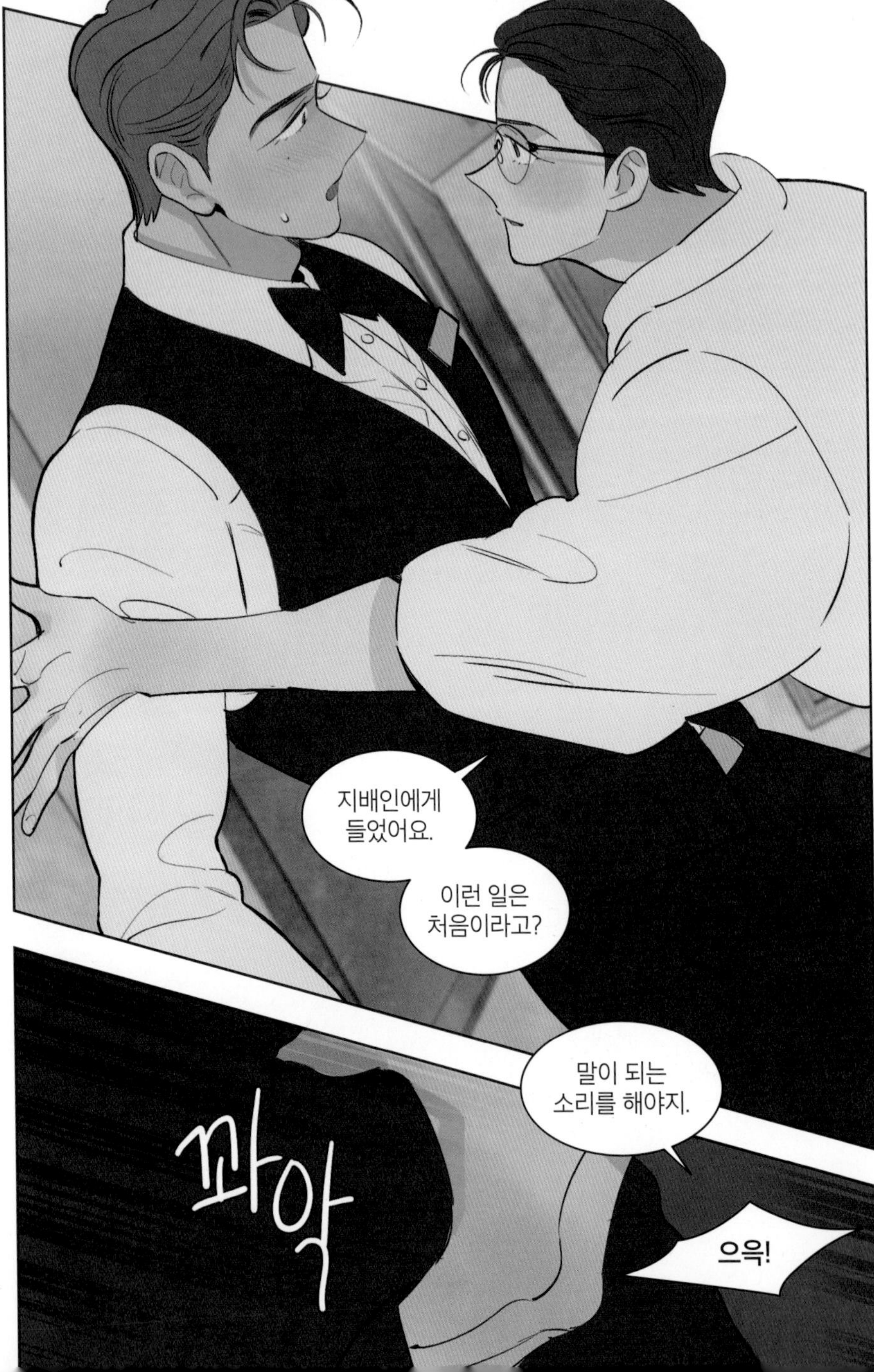
지배인에게
들었어요.
이런 일은
처음이라고?
말이 되는
소리를 해야지.
꽈악
으윽!

아무것도 모르는 사람이 스폰 제안을 덥석 응해요?

아니라?

전, 전… 그런 게 아니라….

나한테 박고 싶었던 거 아니었어?

매번 내 엉덩이 빤히 쳐다보는 거,

화아악

내가 모를 줄 알았냐고.

어?

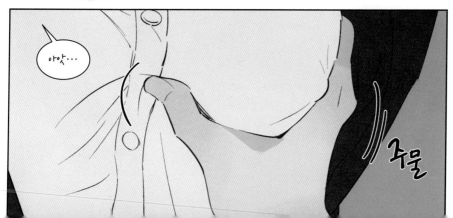

아앗…

주물

소, 손님….

흐흐흐….

땅

…아.

야.

뭘 쪼개고 있어, 재수 없게.

죄, 죄송해요.

대리님하고 이 호텔을 올 줄은 상상도 못 했거든요.

……

이번엔 이런 식으로 궁상떨기냐?

으…

하긴…. 그 후진 모텔이 제법 충격이긴 했겠지.

지금껏 누가 그런 곳에서 하자고 했겠어.

비위생적인 곳 싫어서 온 거니까 의미 부여 같은 거 하지 마.

아, 안 해요!

절대 안 해요.

그냥…, 좋아서요. 대리님하고 이런 곳,

아, 아니… 어디든 같이 와서….

물론 망상에서처럼 내가 대리님을 덮칠 일은 없겠지만.

230

저 새긴
그렇게 내가
좋나?

더더욱
이해가 안 가.

좋아한다며?

뻑—

달칵

그럼 나한테라도
맨얼굴 보여 주면서….

당당하게 들이댔으면,
진작…

네, 네…!

그러고 보니…
수위를 어느 정도로
조절해야 하는 거지?

후…

막 다루겠다고
선언하긴 했다만…

본격적인 SM은
나도 잘 모르는데…

오늘 너무 좋았어,
태문 씨.

하아

하아

그래? 나도
이 정도는 할 만한
것 같아.

철컥

톡

상대방이 요구하면
가벼운 구속이나
능욕 정도만 해 줬다고.

잠깐만.

그러고 보니
나는 저 새끼랑

정확히 뭘 어쩌고 싶은 걸까?

……

237

씨익

음침한 주제에
해맑게 구는 게 짜증 나서

더 괴롭히고는 싶어.

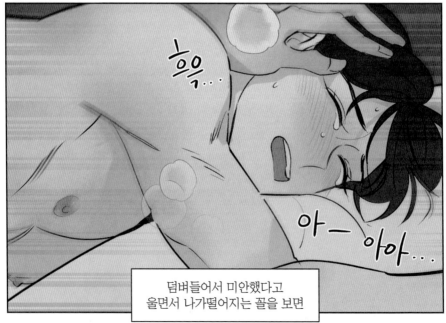

흐으...

아— 아아...

덤벼들어서 미안했다고
울면서 나가떨어지는 꼴을 보면

일단
막 굴리겠다고
하긴 했으니

우선 오늘은
콘돔도 쓰지 말고

엉덩이 몇 대
때리는 정도로….

저…, 대리님.

씻으실 거죠?

그럼 그냥 해?
더럽게?

아, 아뇨…
그게 아니라….

연습?
무슨 연습?

무슨·짓을
하려고…?

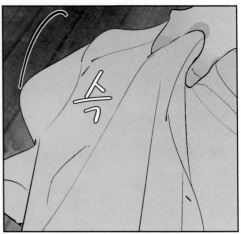

슥

아무래도 그날
너무 서툴렀던 것
같아서….

이, 입으로… 하는
연습 해 봤어요.

???

뭐? 입으로?

좆 빠는
연습을 했다고?

???
...

비장

그때 대리님은
하나도 안 좋았던 거
저도 알아요.

꼬옥

그래서….

원하시면
씻기 전에…

해 드릴 수
있는데…

……

만족하실지
모르겠지만…

열심히
연습했거든요

와…

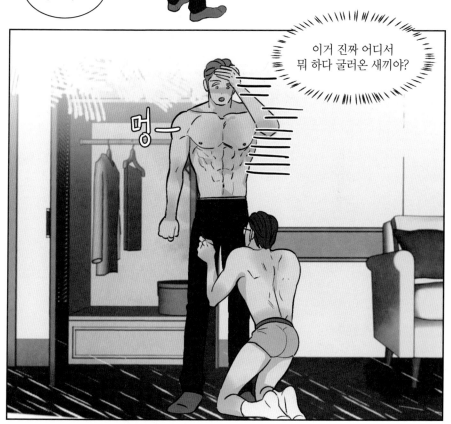

멍—

이거 진짜 어디서
뭐 하다 굴러온 새끼야?

…야.

헉…

아, 이건 너무 나갔나?

……

하씨, 어려워.
거친 섹스는 좀 무섭지만
그래도 대리님이 좋아서
참는 느낌….

뭔데 그게
그거 대체
어떻게 하는 거냐고~

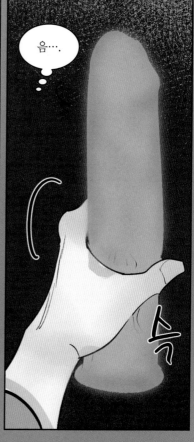

음….

속

죄, 죄송…

의옥이 너무 앉섰다

그래, 아니다 싶은 건 빨리 사과를…

그래서?

…?!

예?

뭘 가지고 연습했는데?

그새 다른 남자 좆이라도 물었어?

예? 아뇨!

절대 아니에요!

그, 그냥 집에 있는 딜도로….

251

…아, 네, 네!

스옥

숙

대리님.

……

와, 왔는데….

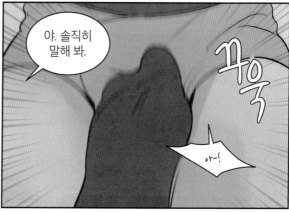

야. 솔직히 말해 봐.

꾸옥

아~!

256

손 떼.

아

아앗…

하아

내가
시키는 건 뭐든지
하겠다며?

야…

짜릿~

후아

와~ 대리님…
완전 미친놈이잖아!
(좋은 의미)

네….

스윽

묶어 버리기 전에 손 치워.

묶어 줘! 묶어! 어?

어디 해 보라고! 해 주세요! 제발!

손 쓰지 말고 꺼내서, 빨아.

?!

헐···

드디어 나왔다!

둥—

두둥

단골 시추에이션!

하··· 개쩐다

나도···

망상이야 정말
많이 해 봤는데

실제로도
하게 되는 날이
오다니.

머엉···

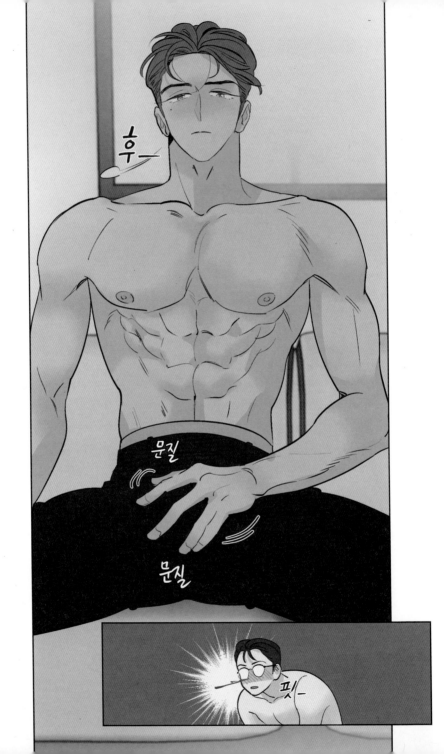

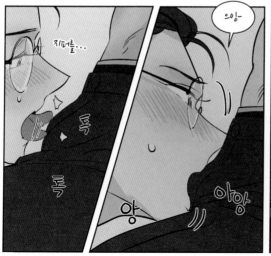

야.

역시 망상과
현실의 갭이….

뭐 하냐?

하…

그, 그게….

대리님 거
너무 커서 힘들 것
같은데….

시무룩

꺼낼 때만
손 쓰면
안 될까요?

참 나, 별….

똑

아…

만화 주인공들이
왜 바보처럼 위험한
보석에 손을 뻗는지
이해가 갔다.

하아…

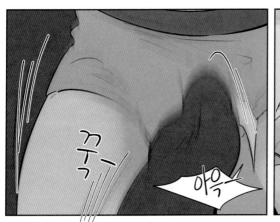

아까 내 말 뭘로 들었어.

으으….

죄, 죄송해요….

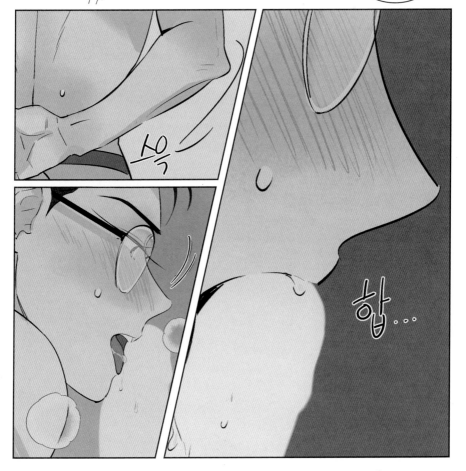

쑤ㅡ

합…

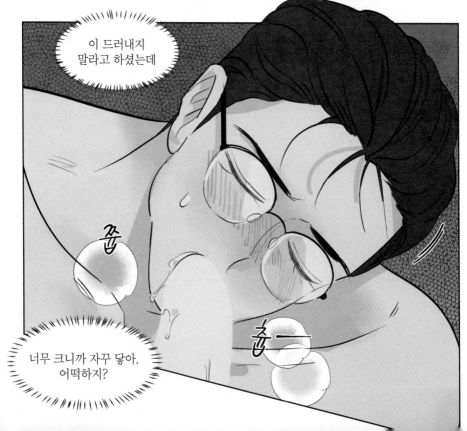

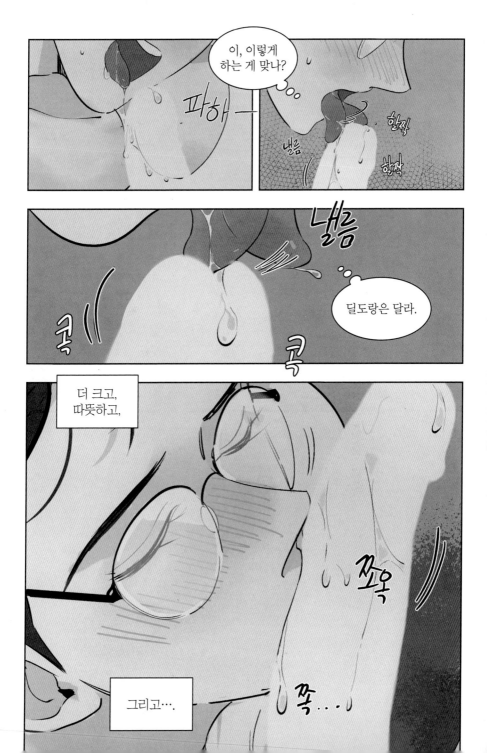

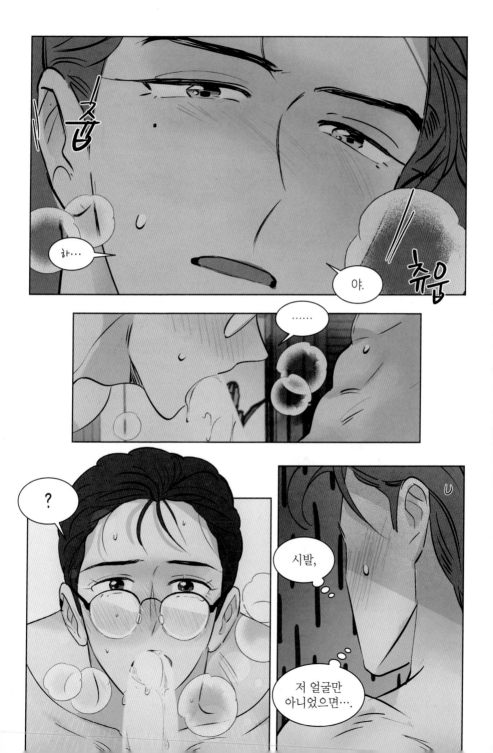

......

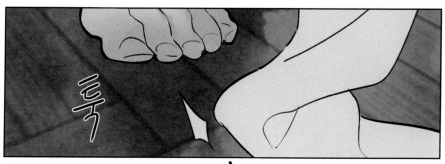

둑

헉, 대리… 님…!

헉

풀썩

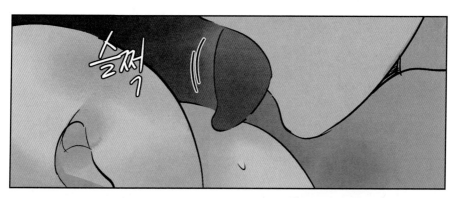

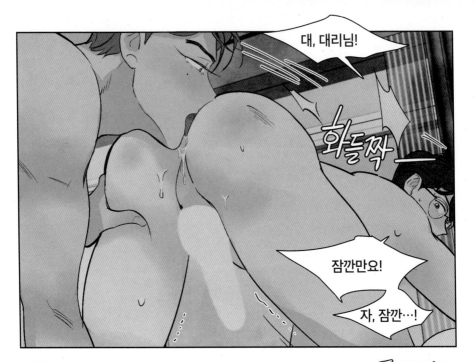

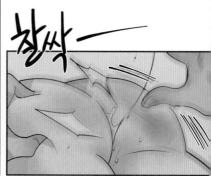

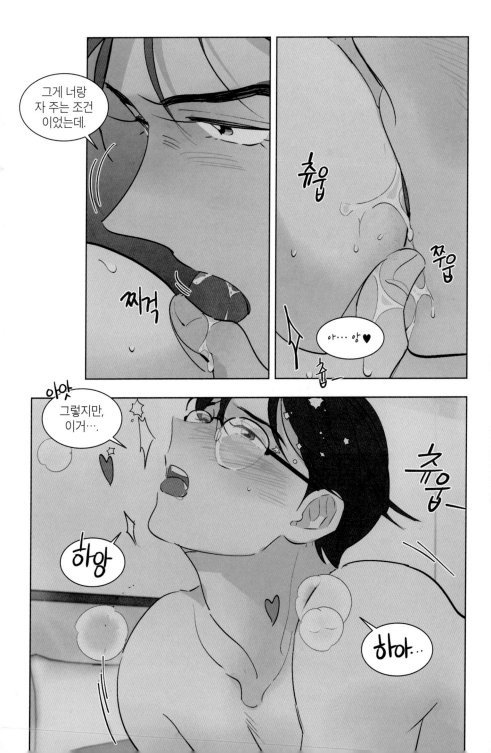

콱-

휘익-

이게 싫어하는
얼굴이야?

하아

....!!

하아

하아

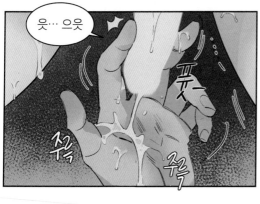

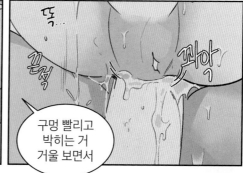

293

펀 치 드 렁 크 러 브

초판 1쇄 인쇄 2022년 11월 14일
초판 1쇄 발행 2022년 12월 2일

글 모스카레토
그림 옥동
펴낸이 정은선

책임편집 이은지
편집 김영훈, 최민유, 허유민
마케팅 강효경, 왕인정, 이선행
본문 디자인 (주)디자인프린웍스
표지 디자인 URO DESIGN

펴낸곳 (주)오렌지디
출판등록 제2020-000013호
주소 서울특별시 강남구 선릉로 428
전화 02-6196-0380 **팩스** 02-6499-0323

ISBN 979-11-92674-11-7 07810
    979-11-92674-10-0 (세트)

www.oranged.co.kr